新時代の幕開け⑥

――大転換期の今、次世代へ残すもの

高木利誌

明窓出版

新時代の幕開け6　―目次―

はじめに――総領の甚六

長男をあらわす言葉に、「総領《そうりょう》の甚六《じんろく》」という言葉がある。意味は、長男や長女といった初めての子供は可愛がって大事にされるので、のほほんと育つということらしい。

ところが、私の場合はちょっと違う。

幼少期から成人するまで、「のほほんと育つ」という状況からは、ほど遠い生活をすごしてきた。


私の前に生まれた長女は、満1歳を待たずに他界した。そこで、次に生まれる子供はなんとか強い子に育つようにと、母が針を飲んで、お寺のお地蔵様に願をかけた。

その後、生まれた私は、右手の中指に針を握って生まれ、90歳の今になっても、右手の中指の爪がないのである。


最近では、もう少し自分が好む研究を続けたいと思い、また、車の免許証の更新のためもあって、以前よりも多く、新聞や本を読んでいる。囲碁も嗜《たしな》むようになり、勉強のかいあって、2021年7月には、5段の免状がいただけた。

おかげさまで、先日受けた免許証更新のためのボケテスト（認知機能検査）も、無事にクリアできた次第である。

永年の研究テーマである発電・充電については、バッテリーのいらない電気自動車、無電源でのバッテリー充電のために、メッキ部品や塗料による実験を続けてきた。

これについては、シリーズ「新時代の幕開け1、2、3、4、5」で説明してきた通りである。研究を続けてきた結果、「新時代の幕開け5」に列挙したとおり、医療機関から、がん患者の治療にも役立つとご連絡をいただいた。本当にありがたいことである。

本書、「新時代の幕開け6」をこうして読者様方にご一読いただけることにも、心からの感謝を込めて、始めていきたい。

がん患者からの喜びの声

「先日は、お邪魔いたしましてありがとうございました。実は帰り道、大阪の知人を訪ねましたところ、がんで手術したとのこと。いただいてきたバッテリー用のワッシャーを渡してきましたところ、患部の調子が良いと電話が来ましたのでお知らせします」とご報告いただいた。

実は、私も63歳の時にがんになった。病院で診察結果を知らされたが、すでに末期であり、自覚症状もあった。その当時は、借金で大変な時期であり、京都大学の林教授が開発されたものをお譲りいただいて、そのおかげで全快し、現在がある。

林教授が、それを土壌改良に試してみたところ、農協からクレームが来たとうかがった。さらに、電気関係にそれを用いると、素晴らしい効果があった。

地震が多い、災害大国日本の一助になればと、知人である照沼様に東北地方の被災者にカタリーズテープのご寄付をお願いしたところ、一部がお医者様にわたり、

「いただきましたテープをがんの患者さんに用いましたら、患者さんが快方に向かわれました」とのご連絡をいただいた。


私は、「自然エネルギーを考える会」会員様や自分の実験の結果をもとに、廃棄された乾電池や車のバッテリーの充電を行なっていた。20年たってもバッテリーが痛まないこともわかって、保江邦夫博士、井口和基博士をお招きしてご講演もしていただいた。

カタリーズの効果については、現在の理論では説明がつかないと言われたことは、前にも書いたとおりである。

けれども、本業の片手間に、手探りでテストを繰り返して出来上がった物であり、昨今よく言われるようなエビデンスを提出するのは難しい。

また、その良し悪しを判定するような公的機関にも受け付けていただけないので、お医者様や理学博士といった先生方のお言葉におすがりする以外にはない。

電池にしても、お使いいただいた皆様のお言葉を寄る辺にする以外にないところである。

以前、実験結果を発表しても、「業者如きが発表などして、神聖な学会を汚すつもりか」とお叱りを受けた。

素人の私ができるのは、電気にしても、病気にしても、ご報告いただいた事実を申し上げることのみである。

行動には制約がある

先日、高校の同級生だった山本君が訪ねてくれて、

「息子夫婦もなくなり家族がなくなって、天涯孤独になった。来週からインドの高僧の下で修業に励む予定なのだが、俺は名古屋大学で何を習ってきたのであろうか」と言う。

私も、中央大学で法律の勉強ばかりしてきたはずが、現在は法律と何の関係もない発電、充電の研究開発の日々である。

さらに、知人であるお医者様から、がんをはじめとした病気を治す波動の研究を依頼され、

またその翌日には、遠方の九州から発酵促進技術のご相談を寄せられる。

これは、高校卒業に際して、

「君は理科系志望のようだが、理科系の勉強は一生できるが人間を作るのは今しかない。文科系で人間を作り直してきなさい」と諭してくださった恩師のおかげである。アドバイスのとおり、大学では人間を作り直すことができ、理科系の勉強も、生涯を通じて続けていけると思う。


さらに、いろんな方と知り合うことができたのは、照沼様と堀越様にご指導いただいたおかげである。

90歳にもなる、遠出もできない老人の私をお訪ねいただけるとは、何とも申し訳ない次第であるが、ご来訪くださったお医者様や技術者に、それぞれの専門のお立場からのご指導を仰ぎながら、研究できることがありがたい。

山本君と話しながら、感謝の気持ちを深めているところである。

しかし困ったことに、今まで行ってきたメッキ作業については、私はもはや邪魔者であり、私にしかできない仕事については、説明さえ聞き入れてもらえない。

研究費別会計を指導されて設立した、本社の研究機関の会社であったはずのコーケンについては、甥である新社長はその背景も知らず、尋ねることもなく、技術についても外部のメッキ会社の社長さんを頼りにしているようである。

秘密事項のある開発技術はおいそれと渡せるものでもないのに、解決策は見つかるものなのか、考えあぐねる昨今である。

才能

将棋の藤井聡太さんに、最強の名人である渡辺名人が、

「強さの秘密とは?」と聞いたところ、

「才能です」という返事であった。

あらゆる面で成功するには、もちろん、才能が必要であるかもしれないが、私は、「研究」

「努力」もまた必須条件ではないだろうかと思う。

さらに、「幸運」も必要と言えるだろう。

この幸運について、考えてみたい。

幸運とは何ぞや、それは、思いもかけない、想像以上のありがたい結果がいただけることであろうか。


かつて、かの有名な「ホテルニューオータニ」の御曹司である大谷先生にお電話で、娘の伴侶にする男性について相談したことがあった。

「先生、おかげさまで良いお方が見つかりました。ありがとうございます」

「よかったですね、その方は、背が高くて眼鏡をかけておられますね。しかし、ちょっと問題があります。今度、名古屋でお目にかかりましょう」と言われ、娘の伴侶となる男性を同伴して名古屋まで出向いた。

大谷先生は、

「私はね、祖父が頑張っている時と、退いてから、周囲からの対応があまりにもがらりと変わったことに世の無常を感じ、3年間仏門に入り、修業させていただきました。

すると、目に見えないものが見えるようになりました。会ったことがない方の見た目も、思いもです」とおっしゃる。続けて、

「これからの人生、さまざまな難題に遭遇します。

その時、安易な道を選択すると人生は失敗に向かいます、良い道をお選びになるために、常に陰徳を積むことを心掛けてください」と。


現在、アメリカで活躍している大リーグの野球選手も大谷翔平という名前をもつが、その陰に陰徳あり。

かつて、日本野球にいた時、彼はすでに、パシフィックリーグで陰徳の積み重ねを指導されていたと聞いた。


才能もない素人の私が、大過はあれども皆様のおかげでここまで生活させていただけたのも、私利私欲に走ることのないように心掛けてきたからであろう。

こんなに突っ走ってきたことでご送惑をおかけしたけれども、生きてこられたのは本当にありがたいことです。


「もしあの時」の「もし」がなかったら。

あの時、もし○○のおかげさまがなかったら……。


そんなことが脳裏をかすめる。


90歳にもなって、東北、東京、大阪、九州という遠方からお訪ねいただき、私の駄作をご覧いただけることは、とても嬉しいことである。

私の開発物を、お医者様によって、患者様にお役に立てていただけていること。

私のそれは才能とはいえないが、目に見えないお導きによるものではないだろうか。

特に災害地で、お困りの皆様のお役に立てていることがとてもありがたく、そんな気持ちで先日も、山本君とお茶をいただきながら、おしゃべりした次第であった。

後継者への思い

現社長である息子から、

「次の工場の経営は、甥に任せたいのだが」と、初めて相談があった。

私は了解して、三男の子の甥に入社していただいた。

この件については前著で記したとおりであるが、入社した甥が、事務所や工場の改造をし、私の研究場所がなくなってしまった。

事務所の古机などの不用品を、私の自宅物置に所狭しと押し込められ、どこに何があるのかを探すのに一苦労である。

それはさておき、甥が何の相談もなく他社の社長を招き、委託して技術指導を受けているではないか。

それも、よりにもよって、私がヨーロッパからライセンスを受けて始めた技術に、とって変えようとしている。

京都大学から「世界一の技術」が開発されたと新聞発表されたのを見て、私の導入している製品を携えて飛んで行ったのであったが、お見せいただいたのは、1リットルのビーカーで製作した1平方センチという、とても小さな試作品であった。

それは、私が製作中の製品と比較にもならないような、見劣りのする代物であった。

その技術を、別の工場の社長にご指導を受けて。導入するというのである。

「俺はメッキはやらんからな」甥は言ったが、いかがするつもりであろうか。

私が警察で勤めた末の退職金のほか、全財産を父に差し出し、借金をお願いして始めた会社を。無残にぶち壊すつもりであろうか。

将来のライバルに。本物の技術を無償で教えるお人よし、愚か者がこの世にあるのであろうか。

苦労して始めて、一代を築いた私の技術や、それに連れ添ってくれた一家を、どのように理解しているのであろうか。

私の会社の大事な秘密工具を全部、写真に撮っていたのも、どういう理由からなのか。

オール借金で始めたこの事業ではあったが、更に土地も2000坪ほど増やし、豊田工機の豊田工場となった貸工場まで増やしてゆずろうというのに。

母に、父の遺言に基づいて地所の分配をしていただいたとき、母の許可を受けずに、私の弟である三男が私たち一家の入口通路を自分の地所にしたことがある。

それを見た母が、

「兄の家の入口をなぜ塞いだ。人の入口を塞ぐものは必ずつぶれる。お前の代では保てても、次の代につぶれるがそれでもいいか」と言った。

私は、妻の勧めるまま、取り敢えず、

「今までお通しいただきすみません」と通行料を支払うことにした。それから50年以上もの間、少ないけれども年に20万円ずつを通行料として、三男に受け取っていただいている。

さらに、私の弟妹がやって来て、

「こんな良いところをもらって何の文句がある。それよりも、早く社長の任を渡せ」と言う。

「私は、現在は社長ではない。その話は息子である社長にしていただきたい」と言うと、

甥のお嫁さんに、

「おじさん、○月には渡すと一筆書いてください」と言い募られた。

事務所も工場も追い出された私に、いったい何が言いたいのかと理解に苦しむ。


さらに、私の開発技術は、他社の下請け会社になり果てた。

その上、私の技術の制作場所は、なくなっているではないか。

妹の娘に、

「言いたいことがあるなら、遺言にしておきなさい」などと言われる始末。……情けなくて、涙も出ない。


遺言など何の役にも立たない。本家では先日、叔父がなくなり、「遺言などあてにならない」と兄弟で争い、裁判の後、全財産売却してしまったことで、本家自体がなくなったではないか。

我が家もすでに、父の遺言を無視している状態なので、私自身は遺言に代えて、こうして書籍にして残すことにした次第である。

私が研究して実用化しようとしている新技術について、その工場で実施することは敵に塩を贈るようなもので、危険極まりない。そして、

「俺が社長だ。給料は最高額にせよ」と、まだ何もわからない新社長が最高給をとらせよとはどうゆうことか。

現役の頃の私には、従業員よりも高い給料をいただけるような余裕は全くなかった。

むしろ、給与はいただいたことにして、働いていただいている従業員に回すのが常であった。

以前はこれが、創業者としての当たり前の姿勢だったのである。

工夫して凌ぐようなこともせず、開発技術を教わろうともせずに給料のみは人並み以上に求めているが、その給料に見合うほどの成果を、今後残せるのであろうか。

たとえば、私の息子のように、相続税対策もできるかどうかもわからない。

それどころか息子に、

「俺は別の仕事をするから、お前は今までと同じ仕事をしてくれ」と言った。

先人が今まで積み重ねてきた、工場も含めた財産によって、自分が好きなように新事業を始めるようなことが、新社長には許されると思っているのであろうか。


私は、長男として生まれ、母には苦労してお育ていただいたが、母は三男の誕生から産後の肥立ちが悪く、寝たきりになった。

小学校入学間もない私が母に教わり、家族3人、住み込み従業員3人の朝食準備や三男の子守を請け負い、学校から帰ると大変な仕事が待っていた。

小学校5年生頃からは、父と2人で、本家の田んぼを含めて農業を営んだ。以前から営んでいた縫製業は、戦争による企業合同のために閉鎖してしまい、戦時中は苦労が絶えなかった。

戦後、本家からは追い出され、現在の地に掘立小屋を建てて、父と二人で暮らした。まだ壁も塗りたてで、夜明かしをした2月3日の引っ越しは、辛く寒い夜であった。

それから、山畑の開墾を始めた。開墾したての畑では、収穫はおぼつかない。

細々とした生活から、父が、

「利治、パン屋をやろうか」とおっしゃった。

食べ物のない時代だったので、諸手を挙げて大賛成した。

父が農協から25万円を借金し、設備を導入したのは前著にも書いた。

高校3年間のパンの製造販売……こんな苦労は、兄弟は知る由もない。


名古屋大学、京都大学を目指すも、恩師のご指導もあって進路を変えた。

大学卒業時には、就職内定取り消しの憂き目に遭い、本来は長男として本家を守る立場にありながら、思うようにはできなかった。

ありがたいことに、警察でご採用いただいたおかげで就職浪人をせずにすみ、恩給権と同時に退職をした。父母の許可を得て帰ってくると、弟妹に、

「なんで帰ってきた。すぐに出て行け」と詰められた。

全財産父に差し出し、財産はゼロ。私の家族には、本当に申し訳ないことであった。

本当に役に立つ良いものは、簡単には世に出ない

けれども、これが私の運命であり、後で考えると最善であった気がする。

会社設立1年、父に社長をお願いできて本当に幸せであった。

そして、土地も2000坪ほど増やし、工場も増設し、弟である次男の家の購入の資金も出すことができた。これも、長男の務めであったのかもしれない。

しかし、戦前教育の私たちでは、想像のつかない世の中になった。

マッカーサー元帥ではないけれども、「老兵は消えゆくのみ」なのであろうか。


私としては、工場に残したい技術がある。特に、グラスノスチの技術。これがあればテフロンメッキなど必要がないし、摩擦係数は桁違いによい。これも、基本となった技術は日本人が開発したものであるという。

また、イギリスに来訪した時に、

「ワイパーは何とかならないか」と問われて工夫したところ、具合が良かったので、その

技術を申請してみると、

「そんな技術は世に出すことはできない」と国内の企業からお叱りを受け、止められた。鈴木石の開発者である京都大学の林先生も、技術が出来上がったのに、日本の政府によって潰されてしまい、本当にお気の毒なことであった。

本当に役に立つ良いものは、簡単には世に出せないものだと、開発していくなかで初めてわかった。

排気ガス対策や乾電池の再生のように、国の方向性に沿うものかをお尋ねしてから着手しなければ、かえってお叱りをいただくことになる。

素人の私が気の付く技術などもってのほかと、もとから気が付かねばならないということである。

一つの、卑近な例を挙げてみよう。

私には、新参者が借金まみれで立ち上がるには、何か特別なことをしなければとの焦りもあった。それで、英国に新しい技術を見に行ったりしていた。

例えば、ディーゼルエンジンの排気ガス対策である。

英国のウエールズ大学訪問の時、学長のロバート教授が、「排気ガスの再燃料化技術」の開発について、装置をお見せくださった。3回ほど訪問して、詳しく説明をいただいた時のことである。

「新聞に気が付かれてすっぱ抜かれ、発表されてしまいましてね、ひどい目に遭いましたよ。有名人ともなると、いろいろとね」と、無名人の私へのありがたいご忠告であった。

私は、黒煙対策として、化学的に考えたならば簡単にできるはずと考えた上で、黒煙の90%をカットできるものが仕上がった。

それを、公的機関にて証明いただけるように、試験場を探したのだが、どこにも受け付けていただけない。環境省、公害課、運輸省と尋ね歩き、運輸省に排気ガス対策課があることがわかった。お尋ねすると、

「課長、係長、ほか1名しかおらず、これでは何もできません。検査機関としては、つくば市の自動車研究所があるのみです。不景気ですから、景気を上げるためにも、車が長持ち

するような技術は歓迎されません。車をお買い替えいただくためにね」と言われた。

ご紹介いただけた某商社の課長さんをお尋ねして報告すると、

「あなたは、排気ガス対策課でそんなふうに言われる程度で済んでよかったですね、私は、検査装置を大学に寄付してデーターを出してもらい、発表しましたら、大変な目にあいましたよ」とおっしゃる。

教えていただいた自動車研究所をお尋ねすると、なんとまあ日本の全自動車メーカーが集まる場所で、それぞれのメーカーの研究者が出てみえたのに驚き、話もそこそこに引き下がった次第である。

そこで、アメリカの知人の科学者に依頼して研究所に検査依頼すると、

「黒煙のみならず、SOx（硫黄酸化物）、NOx（窒素酸化物）も減少するのは素晴らしい。しかし、燃費が20％以上削減するということなので、発表禁止」というコメントがあった。

石油利権に楯突くような真似はするなということであった。

そこで、バンクーバーでの世界環境会議に出席、発表する予定だったが、急遽取り下げをさせていただいた次第であった。

当時、国鉄バスの社長であった同級生の野畑君に依頼して、テストしていただいたところ、「これは素晴らしいものだが、気を付けろよ」と言う。

これについて、バンクーバー国際空港、ロンドンヒースロー空港での空港公団からの、どの返事も同様であったことは、前著のとおりである。

実はその技術は、ディーゼルオイルに0．1％（1000リッターに10～20CC）の水を加えるのみであった。

その他にも、

〝ゴキさらば〟（ゴキプリ回避）

〝アリさらば〟（シロアリ回避）

〝貝さらば〟（船底に貝などが付かないようにする）

などを開発したが、

「こんなものができれば困る専門業者がいる」ということであった。

今考えても不思議なのが、素人の私が、どうしてこのようなものが思いつくだろうということだ。

現在進行中のカタリーズの技術にしても、私は本業のメッキ業が主体であり、同業他社の仕事を取り上げたいわけではない。ただ、より効果の高いものをお客様にご提供できるようにするにはどうしたらよいかなどと考え、ふらりと歩きながら自然界のものを観察していると、「ふっと」気が付くことがある。

メッキのみではなく、表面処理の塗装ではどうか、などなど。

公的機関に拒否されたことは、「自然エネルギーを考える会」を発足するきっかけとなった。会員の皆様の発案、ご協力、さらにこの会のおかげで、本当に素晴らしい講師の先生方のご講演やご指導を賜ることができた。

思い返せば、小学校時代から、旧制中学、高校の3年間、大学の4年間、警察官の13年間、それぞれの場所において、両親の御恩はもとより、同級生、恩師、本当に素晴らしい方々に巡り合い、支えていただき、ご指導いただけた。そのおかげさまがなければ現在はない。

さらには母に、

「今どき、こんなにいい娘はないぞ」と勧めていただき、現在まで寄り添い助けてくれている妻、家族にも本当に感謝である。

私が発した、これまでのたくさんのアイディアに対して、

「これはいいよ。これはダメ、もう一工夫」などと妻がアドバイスしてくれるのが、なんとも力づよい後押しであった。

これが百人力となり、私の支えであった。


これからも、できうる限り、世のため人のためになることに励みたい。

スマホの購入

私は今まで、スマートフォンを持ったことがなかった。

それまで使っていた、ガラ携（ガラパゴス携帯）の無電源充電は可能であるとわかっていたが、スマートフォンの充電については実験することができずにいたので、先日、新しいタイプのスマートフォンを購入した。

購入時には、販売店のスタッフさんに使用方法について1時間ほどご教示いただいた。昨日、一日いろいろ試していたけれども、いろんな使い方についてが思い出せない。意を決して、メールで娘の旦那さんにご教示をお願いした次第であった。

無電源で行う充電方法ばかりに気を取られ、使用方法のことはすっかり頭になかったのが情けなかった。

私の頭は、使用方法よりも充電方法でいっぱいで、2日使用した後、どのくらいの電力を消費したかが気になった。はたして、この2日目の朝の電池の残量は、90％であった。

これからしばらくは、充電機能について考えていきたいところである。

前述のように、工場、事務所からは追い出され、「ここで十分ではないか」と兄弟、甥姪に言われて仕方なく物置・ビニール温室にて研究開発に勤しんでいるが、メッキに代わる塗装での発電、充電が何とか物になりそうである。

これからの農業

最近、我が家の近くの農場は、減反政策とかで草が生え放題の荒れ地になった田んぼばかりである。こうした場所を見るに忍びないと思っているのは、私だけではないと思う。世の中を知らずに育った東大卒のぼっちゃん方にはわからないかもしれないが、戦時中、肥料も農薬もない時代に農業をさせていただいた私としては、「何とかならないか」と、忸怩《じくじ》たる思いがある。

私は思いつくと何でも手を出すほうで、農業法人の当時の会長であった早川様にお願いして、家の近くの田んぼ1枚を「実験田んぼ」としてお借りして、いろんな研究をし、試行錯誤した。

そして、「第1回自然エネルギーを考える会」で、山根一真先生の講演後の懇親会にて、

1、カタリーズ塗料にて乾電池の再生
2、「鈴木石」と名付けた石の発表
を披露した。

これをもとに無肥料、無農薬の実験田のテストを開始したのだが、取水口の水処理の具合がとてもよくなった。これは、1年目で発見することができた。

除草剤を使わなくてもよくなった（稲よりも雑草の発芽を抑制できた）。これは、2年目で達成した。

鯉によって発芽を抑制することもできたのだが、烏が鯉を食べてしまうことによって失敗した。

教育勅語

戦後時代の教育の場では、禁止されてしまった日本の教育がある。

10月30日になると思い出すのが、教育勅語である。

小学校時代、校庭での校長先生の朗読を、緊張して拝聴したものである。

1、父母に孝行に
2、兄弟仲良く
3、友達は信じあい
4、夫婦仲良く
5、皆様に愛を
6、学業を修め

この教えは、国体を保持する基本が述べられたものであると思う。

日本では禁止になっているこうした考え方について、世界では、日本を見習えという動きがあるらしい。

徳の行い、「陰徳」というが、最近アメリカ大リーグにて、大谷翔平選手の行いが、観客の間でも評判になっているという。

試合中でも、さりげなくゴミを拾ったりする行動が、賞賛されているのだ。

戦後の占領軍の命令で、「陰徳」という言葉は封じられていたかのようだったが、逆に世界では見直され、取り入れている国もあると聞いた。

戦後教育にズレが生じ始め、「陰徳」とはまるで正反対の現在の日本の世相であり、なんとも情けない思いである。

両親の遺産を受け継ぎ、土地も資産も増やし、工場も順調に伸びて、無借金経営を引き継ぎたいと思ったところ、息子から、

「後継は、孫よりも甥にしてほしい」と言われ、さらに、

「言いたいことは遺言にしておきなさい」と姪に言われてびっくりしたことは先述したが、戦後世代には、戦前教育を受けた者の思いはまったく通じなかったわけである。

しかし、私が言いたいのは財産のことではなく、開発した技術の継承についてのお願いであった。

90歳にもなれば、年金がいただければ十分である。

金を残すよりも、技術を後世に残すため、著作として皆様にお預けしたい。

災害大国日本のお役に立てればと、開発品を災害地にご寄付もした。

また、「新時代の幕開け1～5」を参考にしていただき、誰でもできる簡単な発電、充電を試していただければとてもありがたいことである。

すでに述べたが、本を読んでいただいたお医者様からご連絡があり、「このテープで、がんの患者様が何人か回復した」とご報告いただいたのは、心から嬉しかった。


改めて、製品の効果を報告する小冊子に、カタリーズテープを添付しているところである。

九州からも何人か連れ立ってご訪問いただき、思いもかけぬ効果をお知らせいただけたことにも、感謝する次第である。

鈴木石による増収増益

鈴木石による藁《わら》からの発芽実験も成功したが、早く実るのはよいけれどもスズメの害にあってしまった。

1本の稲の節ぶしから穂が出て、作付けがむつかしく4回の稲刈りが必要となった。

他にも、鈴木石の土壌改良実験により、味の改良、作柄の改良、発芽促進といった効果が現れた。

かつて、草柳大蔵先生より、ご存命中に、

「草花やバラの花はきれいに咲くが、果物の樹木の寿命がどうかを見る必要があるよ」

と、アドバイスいただいたことがある。

これは現在の我が家のミカンの状況から見ると、味は素晴らしいが着果が多いのが気にかかる状態である。

しかし、木の勢いを見ている限り、樹木の寿命が損なわれる状況ではないと思われる。

また、リンゴ農家の木村秋則さんに、最初はリンゴの木1本にて、テストをお願いしたところである。なぜかといえば、花芽がたくさん着きすぎると花芽の選別が大変になることも想像されるからであった。


そして、東北地震の際の雑草を送っていただいたことがある。

原子力発電所の件もあり、放射能を計ってみるとかなり高濃度というシーベルトが検出されたが、黒砂糖の糖蜜を薄め、加えて1週間過ぎると、放射能は半減以下に低下していた。

それを100倍ほどに薄めて、病気で枯れかけたキュウリにかけたところ、見事に生き返り、わき芽が出て、1本のキュウリの木が2本になり、毎日2本ずつのキュウリが収穫できたと、前にも本に書いたことがある。

この時、記憶は定かではないが、プランター栽培であったことは間違いなく、鈴木石の粉は入れてあったと思う。

この時の目的は、無肥料とする代わりに、雑草の酵素を使用するという実験であった。素人の私の愚かな実験であったが、無農薬無肥料農業のわずかなものであっても、放射能が半減したのには大いに驚いた次第であった。

あまり手問暇がかからず、肥料もいらない農業もまた、何かの参考になれば幸いである。

これからは、農家人口も減少の一途なので、農家の若者の収入アップと優遇化対策も、非常に重要であると考えられる。

さらに、若い娘さんは農家どころか、「大会社のサラリーマンと結婚したい」という人が多いそうだ。

中小企業では、農家と同じように40歳になっても独身者が多いというのが現状である。

2世3世国会議員が、これらの現状をいかに考えていることか。

農家も、中小企業も、今一度、根底から考え直してみる必要があるのではなかろうか。

大学も、東大、京大だけが大学ではない。

私は、高校の恩師に、「人間を作り直すのが大学教育」と、お諭《さと》しいただいたことが本当にありがたく、それで世の中が良く見えるような気がする。

兄弟には申し訳ないけれども、両親に素晴らしい経験をさせていただいたことに、心から感謝させていただきます。

石の意思について

石には意思があるとは、何度も書いてきた。

ニコラ・テスラも、同じような内容を残されているようである。

これについては、わたしもいやというほど経験している。

鉱石を取り扱うときは、素直な心で真剣に向き合わなければならない、と思い知らされている。

最近、知人の照沼様よりご紹介いただいた現役のお医者様から、石という資材を使用したカタリーズテープで複数のがん患者さんが快方に向かわれた、とご報告いただけた。

私は医学とは無関係であるから、コメントはできる立場にないが、本当に嬉しいことである。

先述のように、京都大学の林教授が厚生省に依頼されて石から作った開発物を持参したところ、

「こんなものができたら医者も病院もつぶれるではないか」と言われて、引き下がらざるをえなかったという。

それで、土壌改良剤に転用したら、作物が素晴らしく育ち味も良いことから、今度は農協に注意されたとうかがった。

そのようなこともあるかもしれないと、理解できることではある。

病気のことはともかく、農業についても、こんなものが効果があるのかどうかと疑う人からは、良い結果の報告がないのも事実である。

気を付けねばならないのは、植物も生き物であり、すべての作物も人間の心を読み取るということである。

よく説明しておかないと、植物にも嫉妬心がわくようであるから注意する必要がある。

第3の敗戦に備えて

日本企業がどんどん海外に転出して、企業の空洞化が進んでいる。

かつて私が警察官であった時、まだ進駐軍の基地があった警察署に配展され、MP（＊アメリカ陸軍の憲兵のことでMilitary Police の略）の腕章をつけたアメリカ軍の憲兵といっしょに警邏《けいら》をさせていただいた頃から、徐々に経済は回復に向かっていった。1ドル360円から180円、さらに100円以下にまでなった時のことである。

管内の縫製業者はこぞって中国へ向かい、さらに大企業まで人件費が安い外国へと転出していった。

繊維の地域、岐阜県も、まさに空洞化が起きてしまった。

こんな時、もともとは理科系志望であった気持ちがうずき始めた。

警察官も大切なお仕事であるけれども、進みたかった方向性とは違い、肌に合わなかったせいか、勤務成績は芳しくなかった。

そこで、恩給権の期日達成と同時に退職届提出、あいさつ回りに訪れると、「あなたの出身地は自動車産業のメッカである。豊田様の仕事を何とか岐阜に持ってこれないだろうか」と言われた。


私の実家の両親は、豊田市で縫製業を営んでいた。

そこで、まず、家族に縫製の仕事を覚えてもらおうと先に実家に帰して見習いをさせた。

私は、退職願いの受理がなかなかいただけず、遅れること数か月後に戻った。

やっと許可が下りたので帰ってみると、先述のとおり、「なんで帰って来た。すぐに出て行け」と、伊勢湾台風の時にも家を守ってくれていた兄弟夫婦にどやしつけられ、それではと前任地へ戻って、県、市町村の行政関係と交渉するも、仕事のめどは立たなかった。

しかし、県の商工会関係省庁のご依頼にて、前任地の科学関係の部署にてご講演をさせていただけたこともある。

その経験が、まさに現在の私に繋がっている。

家を守り、地域を守り、国を守り、また、いざというとき、災害大国日本で、誰でもできる技術の開発を思い立ったわけである。

しかし、素人の私が開発など、どこの公共機関にも相手にしていただけず「自然エネルギーを考える会」の皆様に試験をお願いしながら出発したのであるが、良いものが認められるとは限らない。むしろ、既存の企業の権益を損なうものとしてうとまれることさえ多いことを知った。

その最たるものが、鈴木石である。厚生省に依頼されて開発された、京都大学の林教授の鈴木石には、「がんを抑制する」という素晴らしい効果があったが、

「こんなものができたら医者は仕事を失い、病院もつぶれるではないか」と、林教授は大学の職を失ってしまった。

この鈴木石のおかげさまもあって、63歳でがんを発症した私にも90歳の今がある。

鈴木石とは前にも書いた通り、林教授が研究された石で、それを鈴木さんからお聞きしたため、鈴木石と呼んでいる。

第3の敗戦に備えるも、うとまれることのないよう、充分に念頭に置いて考えなければならないと思う。

「発電所がなくても、もう生活に支障はない」と、ケシュ財団や、日本では泉研究所様が素晴らしい方向を見つけておられるのであやかりたいとおもっているところである。

差し押さえの知らせからの逆転劇

私は、遺言の代わりに、駄作ではあっても技術を少しでも後世に残すつもりで「新時代の幕開け1~5」の本を書かせていただいた。

その中で、私の半世とともに技術問題について述べさせていただいた。

私の現状を思うとき、「あの時、もし」を、いま一度考え直しているところである。

これまでにも何度も書いた紆余曲折の人生だが、警察官を退官した後は銀行からお金を借りて工場を開業。

海外のライセンスも取得しこれからというときに、折悪しく、隣地との地境を侵食されていたのを知らぬまま、気が付けば自分の土地も含めて売り地となっていた。

「買いたいと思うが、地境がわからない」という客の言葉に、慌てて隣地を購入し、大借金を背負うことになった。

ありがたいことに、ちょうどその時、取引先の豊田工機様の別部門である中部熱練研究所様に、工場建設の着工のための用地としてご利用いただけることになった。


しかし、それでも多額の返済金があったため、借入先の信用金庫から、差し押さえの書類が届く始末。

そこで、返済時期を1年延期していただくべく、借り入れしていたT銀行へ赴《おもむ》いた。

「すみませんが、1年間は、金利のみの返済でお願いできませんでしょうか?」とお願いしたところ、支店長さんが出てこられ、

「それはできません。ちょっとこちらへお越しください」と、支店長室へ案内された。

「現在の経営状態がこちら、来年度の売り上げの見込みがこう、返済の見込みについてはこうです」と説明を受け、続けて、

「これによりますと、3年後には上場企業へ躍進ですね。

そのような企業様には積極的に取り組んでまいります。本日、私どもでご融資できますのはこれだけですが、お使いいただけるかどうかお考え下さい」と提案され、課長様にお引き継ぎいただき、びっくりするような金額を口座にお振込いただいた。


これによって、一気に差し押さえを免れる事態に好転はしたものの、はたして当時の会社の状態を考えると、上場には程遠いことは目に見えていた。

技術面についても、人員的な面においても、経営判断としてはとても上場に足るとは思えないものであった。

まず、経営体質の改善に着手する必要に迫られるも、戦前教育の私では、戦後教育の若者を理解できないところがあった。

技術面については、理科系志望の私自身が勉強すればよかったにしても、どうしたら経営に直結できるかがわからない。

例えば、特許を申請して認可されても、経営にはほとんど結びつかない。いや、むしろ、「こんなものができては困る」とさえ言われる状態であった。

まず、工業試験所にしても、受け付けていただけない状態であったことは何度も述べているところだが、娘がご指導いただいている教授をお尋ねしても、「どの先生も自分の試験に忙しくて、他の試験までは無理でしょう」ということであった。

そこから、「自然エネルギーを考える会」が主催する講演会を開いたりなど、自身で先生方に直接おうかがいする機会を作ることを始めた。

会員の方にも、私が製作した塗料での乾電池再生などのテストをしていただけるようになった。

私も、「鈴木石」と名付けた鉱石の研究を開始して、自身の末期がんも、この「鈴木石」をもって無事に回復させていただけたのである。

佐藤正遠先生の記事から

とても参考になったネットの記事があったので、ここで紹介させていただく。

＊＊＊＊＊＊＊＊＊＊＊＊＊＊＊＊

日本人がアメリカ人よりも「不可能を可能にする」能力を持っているワケ

不可能を可能にするには

相変わらずというか、ここのところひたすらＮＨＫオンデマンドにハマっています。見るのは主にＮＨＫスペシャルで、過去に見たこともある懐かしの映像を始め、ドキュメンタリーの傑作群を舐めるようにして見ています。

その中に、『電子立国日本の自叙伝　第6回』というのがありまして、約30年ほど前に放映された古い番組なんですが、今の日本人は絶対に見ておかなきゃダメな、元気だった頃の日本の姿が全編に滲み出て来ます。

この第6回は、シリーズ最終回ということで、日本の半導体産業についてのまとめみたいな話になりまして、それは必然的に日本とアメリカの違いがどこにあったのか？　なぜ日本は追いつくことができて、アメリカは追いつかれてしまったのか（かつてはそんな時代があったんです。今はもう溜息しか出ませんが）を関係者が回想するんです。

とある技術者が、100ミクロンしか測定できない器械で、10ミクロンを測れるか？という命題に対し、

■測定器が100ミクロンしか測れないのだからムリと結論付けて、トライしようとしないのがアメリカ人なんだと言うわけです。これは合理的ではあるが、これでは不可能を可能にすることはできない。

ところが日本人は

●どこをどのように工夫したら10ミクロンが測れるのか？　を考えようとするんですね。アメリカ人はそんな日本人を見て、

■そんな努力はムダなことだって嗤うわけですよ。ところがその熱意、情熱がそのうち不可能を可能にしてしまうということを言っています。

この動画では、歩留まりが下がる（不良率が上がる）理由を、工場の側で列車が通る時だけ歩留まりが下がるのではないか？　と気付いた女子工員のエピソードが出て来るんです。回路図をシリコンウエハに焼き付けるのは、精度が命ですから、ちょっとでも動いたらダメなんですね。でもそれは後から分かったことなんです。

真因はこの女子工員が気付いたように、列車が通る時に工場の敷地が小さく揺れる（この揺れは人間には知覚できないレベル）ことによって、半導体の図面を転写する際に狙ったと

ころに転写ができなくなることが理由だったわけです。

このエピソードのスゴいところは、これに気付いたのが女子工員だというところです。つまりこれは全社員が一丸となって、歩留まりをどうにかして高めたい、不良率を下げたい、これ以上はもうムリというところで諦めずに、何かやれることがあるのではないか？　どこかに手があるんじゃないか？　と考え続けていたということなんですね。

不可能かどうかというのは未来にならなきゃ分からないところがあって、不可能だと思って手を出さなければ、それは必ず不可能な未来を導くわけです。手を出していないんだから当然です。

ところがそれよりも悪いのが、

これはどうせ不可能に決まっているよ

と考えながら手を出すことなんですね。

不可能だと考えながら何かをやると、いつも解説している「価値観が現実になる」という法則から、不可能な未来を作ってしまうんです。こちらは先ほどと違って、手を出してしまったわけですから、もっと損な話になるんです。最初から手を出していなければ、そこに労力もコストも掛かっていませんから、損失にはならないんですけれど、手を出してスタートしたのに結果が不可能で終わるとこれは大損になるわけです。

だったら手を出さない方が良かったのに…

というのが結論ではなく、やるのなら
これは絶対に実現するのだ！
と考えながらやるべきなのだという話をしたいわけです。

あなたのこころが現実を作っているのですから、こころの中で、
こんなことができるわけがない

と考えていたら、現実はそちらの方向に、つまり不可能になる方向に進んでしまうんですよ。だったらやらなきゃ良いんです。最初から手を出さないのが一番おトクなんです。

しかし一旦やると決めたのなら、そこからは
▼是が非でもやるのだ
▼絶対にやり遂げるのだ
▼最後には必ずできるのだ
と考えてやるべきなんです。

何度やっても上手く行かないという人は、ここを振り返ってみるべきだと思うんですよね。

(引用終わり)

＊＊＊＊＊＊＊＊＊＊＊＊＊＊＊＊＊＊＊

この、佐藤正遠先生の記事を読んで、ウーン！　とうなってしまった。

少し意味は違うけれども、高校の同級会の会長をしている私に、

「会長といえば、東大か名大の出身者に決まっておるのに、何でお前が会長だ?」という人がいた。


恩師のお諭しにて理科系をあきらめ、文科系の法学部に入学を決めた私であったが、卒業間際の2月に、「経済界の不況により本年は採用できないことに決定しました」という一通のはがきで就職浪人になった。


けれども学校のお計らいにて、某本省の臨時職員として出省できるようになり、末席に着席してみると、

「君はどこの学校?」と聞かれた。

「……ですが」と小声で答えると、

「部長以下、役職は全部東京大学出身だよ」と言われた。

これでは、よくても一生地方回りである。

こんなところでは人生が駄目になると、1週間で退職を願い出た。

その後、ふらりと行った岐阜駅にて見かけた「警察官募集」の貼り紙広告に引き寄せられて受験し、ありがたいことにご採用いただけた。

年金資格達成まで勤めあげた翌日に、退職願を出した。

ある時、たまたま出会った高校の頃の同級生と、同級会の話が持ち上がり、「事務は私たちがするから、会長は高木さんの名前で案内を出します」ということで、名前だけの会長となった。

退職して実家へ帰ると、小学校の同級生から、「お前が帰ってきたなら、さっそく同級会を開催しよう」ということになり、その相談をしようと思っていた。

その最中に、高校の同級生にも出会い、やはり同級会を開催することになった。

かたや小学校、かたや高校3年2組の同級会である。

地元のありがたさ、温かさが、身に染みた時であった。

すると、ほかのクラスからも、

「俺も入れてくれ」と声がかかり、次からは学年会のようになってしまった。

東大や名大を出ていなくても、私が会長を務める同級会では、出席者のみんなに喜ばれている。

佐藤先生が言われるように、「不可能に決まっている」という考え方ではなにも始まらないし、「○○でなくてはできない」という考え方はつまらない。

学歴にこだわる必要もない。

規模の拡大に伴い弊社の従業員の数も増え、学歴や学力が高くないスタッフにも働いていただくようになった。

そのうちに、

「自分は頭が悪いから、家に帰ってから電気はオフにしていたかと心配になり、また工場へ見直しに来ることがある。スイッチがちゃんと切れていることが、電灯でわかるようにしてもらいたい」という提案があった。これは、特殊学級出身のスタッフからのものであった。「そうか、ありがとう」とさっそく対応したところ、皆にも喜ばれたため、そのスタッフに提案賞特別賞を出した。

これは、ある講演会でも発表したことである。

こうしたアイディアは、学歴のあるなしとは関係がない。学力が高くなくても、とても参考になる意見をもらえることもあるものだ。

そして、佐藤先生が言われるように、私も日本人には独特の才能があると感じることがよくある。こうした日本人の長所を生かし、私も今後の研究に励んでいきたい。

あとがき――遺言に代えて

ここまでお読みいただきまして、本当にありがとうございました。

この「新時代の幕開け」シリーズは、本来は後継者にこの技術を伝承し、できることならば少しでも世のため人のために残したいと思っていた技術である。

未だ製作を禁じられているものも大半であるため、研究機関にも受け付けていただけない現状である。また、市役所など公的機関からもご注意があり、まして新聞広告も受け付けていただけない。

更に、本家の叔父が亡くなった際、兄弟が、

「遺言などあてになるか」と裁判の末に全財産を処分してしまい、何代も続いた旧家もなくなってしまった。そんな折、私の兄弟が集まっていた席で、

「本当に素人の私が、技術の最先端の仕事を始めて皆様のおかげで会社を設立でき、ここ

までさせていただけた」と感謝の言葉を述べようと思ったところ、
「叔父さんは黙っていなさい」と姪に言われ、さらに、
「言いたいことがあったら遺言に残しておきなさい」とまで言われてしまった。

苦労して外国特許を導入した技術、さらに未知の分野の研究を続けて開発し、出来上がった技術を、後世のために少しでもお役に立てればと願っている。そして、多くの諸先輩が取り上げていただけなかった素晴らしい技術を記したご著書を参考に、その先生方のお名前も後世に残したいとも願った次第である。

また、会社の今後を引き受けていただけることになった甥夫婦にも、私の技術はお聞き入れいただけず、尋ねてもいただけない有り様だが、増やした財産よりも技術を、どなたかによって、いつの日にかお役立ていただくために残したいと思っている。

先にご講演いただきました保江邦夫博士、井口和基博士、橘高啓先生、「がんを治す波動医学」を著され、かつてご請演もいただけました船瀬俊介先生、「ＵＦＯはこれで動いている」

とご指導くださった関英男先生、リンゴ農家の木村秋則先生。

さらに、私のもとを訪問され、私の製品のがん患者への効果についてお話いただきました医師の譜先生、さらに厚生省に依頼された「がんの薬」を持参されて、「こんなものが出来たら医者も病院もつぶれるではないか」とのことで失職された林教授——まさに、このおかげさまで63歳の時のがんも克服して、現在まで研究をさせていただき、電源がなくても充電、発電ができる技術を開発し、更にお医者様方にもお喜びいただけましたこと、感謝とお礼を申し上げ、遺言に代えさせていただきます。

自然の波動という、素晴らしいものを残していただけましたことがありがたいです。

つたない文章を本としてお作りいただきました明窓出版、またお読みいただきました皆様、本当にありがとうございました。

高木利誌

添付資料　読者様からのお手紙①

拝啓

貴重な品々をお送りいただき、誠にありがとうございました。特に「新時代の幕開け　4」にある貴殿の今世での経験を、興味深く拝読しました。

幾度の信じられないような常識を超えた発明は、今の科学や知見では受け入れ難いものです。

私が残念に思うのは、そのような世の中の志功や経験の枠を乗り越えていただきたかったという悔しさです。

既得権益者の厚い壁を突き破ってほしかった、そうすれば現在起こっているたくさんの不幸、惨めさが解消され、好転の現実がもたらされたのに……歯痒い思いです。

私は、貴殿の発明が単なる絵空事とは思いません。
私が後半生をかけて探求している人間の不思議な精神性・宗教性の真実同様、世の大衆には理解し難い、見えないものがあり、我々は知らずにその恩恵に浴して生きていますが、気づかないのです。

私も未だ良く判らないのですが、幸いＯＳＨＯと言われた覚者（インド人）の弟子になりましたので、余生は百パーセント彼を信頼して生きる覚悟です。
お互い世の変わり者ですね。ご健勝を祈ります。

敬具

二〇二一年八月二十七日　山本拝

添付資料　読者様からのお手紙②

秋も深まり、季節を感じるこの頃です。

本を受け取らせて頂きました。この世の中はまだまだフリーエネルギーに加速するには時がかかりますね。

地球や人類に影響が出て来ましたので、関心が高くなってきました。

国民の声が政治を動かす。身内でも利誌先生の開発品は、なかなか継承がむずかしいですから本に残しておくことが望ましいと思います。

人生は無常でもありますが、今出来ることを精一杯生かさせて頂くことであります。

御身体大切にされて下さいませ。

新時代《しんじだい》の幕開《まくあ》け 6

大転換期《だいてんかんき》の今《いま》、次世代《じせだい》へ残《のこ》すもの

高木《たかぎ》　利誌《としじ》

明窓出版

令和四年二月十日　初刷発行

発行者――麻生 真澄

発行所――明窓出版株式会社

〒一六四―〇〇一二
東京都中野区本町六―二七―一三
電話　（〇三）三三八〇―八三〇三
FAX（〇三）三三八〇―六四二四

印刷所――中央精版印刷株式会社

落丁・乱丁はお取り替えいたします。
定価はカバーに表示してあります。

ISBN978-4-89634-444-8

プロフィール

高木 利誌（たかぎ としじ）

1932年（昭和7年）、愛知県豊田市生まれ。旧制中学1年生の8月に終戦を迎え、制度変更により高校編入。高校1年生の8月、製パン工場を開業。高校生活と製パン業を併業する。理科系進学を希望するも恩師のアドバイスで文系の中央大学法学部進学。卒業後、岐阜県警奉職。35歳にて退職。1969年（昭和44年）、高木特殊工業株式会社設立開業。53歳のとき脳梗塞、63歳でがんを発病。これを機に、経営を息子に任せ、民間療法によりがん治癒。現在に至る。

ぼけ防止のために勉強して、いただけた免状